你在这里呀！

Ni Zai Zheli ya

出版统筹：汤文辉
编辑总监：周　英
项目主管：石诗瑶
策划编辑：柳　漾
责任编辑：冒海燕　孙才真
责任美编：李　坤
责任技编：李春林

Da bist du ja！ Die Liebe, der Anfang - allüberall
Author: Lorenz Pauli
Illustrator: Kathrin Schärer
Text and Illustrations Copyright © 2014 by Atlantis, an imprint of Orell
Füssli Verlag AG, Zürich, Switzerland
Simplified Chinese edition copyright © 2016 by Guangxi Normal
University Press Group Co., Ltd.
This edition arranged with Atlantis through Beijing Star Media.
All rights reserved.
著作权合同登记号桂图登字：20-2015-115 号

图书在版编目（CIP）数据

你在这里呀！／（瑞士）保利著；（瑞士）谢尔勒绘；王星译：
桂林：广西师范大学出版社，2016.3（2019.7 重印）
（魔法象·图画书王国）
书名原文：Here you are!
ISBN 978-7-5495-7931-0

Ⅰ．①你… Ⅱ．①保…②谢…③王… Ⅲ．①儿童文学 -
图画故事 - 瑞士 - 现代 Ⅳ．① I522.85

中国版本图书馆 CIP 数据核字（2016）第 037489 号

广西师范大学出版社出版发行

（广西桂林市五里店路 9 号 邮政编码：541004）
（网址：http://www.bbtpress.com）

出版人：张艺兵
全国新华书店经销
北京盛通印刷股份有限公司印刷
（北京经济技术开发区经海三路 18 号 邮政编码：100176）
开本：787 mm×950 mm 1/16
印张：2 插页：8 字数：17 千字
2016 年 3 月第 1 版 2019 年 7 月第 4 次印刷
定价：29.80 元

你在这里呀！

爱和它的开始，处处都在

〔瑞士〕洛伦茨·保利 / 著　　〔瑞士〕卡琳·谢尔勒 / 绘　　王 星 / 译

GUANGXI NORMAL UNIVERSITY PRESS
广西师范大学出版社
·桂林·

"开始是什么？"小不点儿问。

"你指的是什么的开始？"大块头好奇地说，
"历史的开始？
世界的开始？
还是所有思想的开始？"

"是我们俩的开始！"小不点儿说，
"我们的一切是怎么开始的？"

大块头想了想说：
"嗯，突然你就在这里了。
我说：'呀，你终于出现了。'
你看了看，然后……

'砰——'的一声，爱就来了。
这个爱好大好大，
连我这么大的个子都装不下它。"

小不点儿惊讶极了，
大块头可是巨大无比啊！

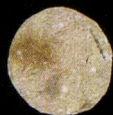

小不点儿想了想说：

"我当时一定觉得：

和你在一起真是再好不过了！

就像水待在海中，

就像叶子长在灌木丛，

就像星星挂在夜空。"

"就像星星挂在夜空……"

大块头重复着这句话，"说得真好。"

"你不喜欢前两句吗？
'就像水待在海中，
就像叶子长在灌木丛'。"

"嗯，不太喜欢。"大块头微笑着说。

小不点儿也微笑着说：
"你不会什么都说好——我喜欢你这样。
要是有时你不这么认真的话，也许会更好。"

然后，他们沉默了。

过了好久，他们也没有说话。

后来，小不点儿想说话了。

"原来这就是开始呀。

开始什么时候会停下来？

是不是一切有一个开始也都有一个结束？"

"并不是一切都有一个结束。

比如我们现在，有一个开始，有一个目标，可是没有结束。"

"快给我讲讲，目标是什么？"小不点儿喊起来。

"我想，目标就是，总能不断找到一个新的小小的开始。
我明天又会有一个新的爱给你，和以前的不一样。"

"那要是我改变了呢？"小不点儿问，

"你会更爱我吗？

或者不像以前那么爱我了？"

"不，我会非常爱你。

永远。

这爱来自我心中最深最深的地方。

我所爱的，也藏在你身体里最深最深的地方。

它就像一个果核，不会改变。"

"是樱桃核吗？"

"是。"

"可樱桃核是会变的，
它会变成一棵树。"

"瞧，现在是你变得认真了。"
大块头笑着说，
"但你的想法很对。
人们想让什么地方长出什么，
那里就会长出什么来。"

"我喜欢樱桃树。"小不点儿说。

大块头点了点头。

他们又不再说话，静静地、静静地……

小不点儿拥抱大块头，
但他只能抱住大块头的一小部分。

大块头拥抱小不点儿，
非常非常小心地抱着。